Bunkerleben

ein utopischer Roman von

Karl-Heinz Haselmeyer

Die Vernunft stirbt zuerst, die Hoffnung zuletzt.

Wenn alle Vernunft gestorben ist, bleibt da noch Hoffnung?

Die Hoffnung muss leben, denn ohne sie kommt alles zu einem Ende.

Einleitung

Der Wahnsinn des Krieges hatte den ganzen Erdball überzogen. Ein kleiner Schritt hin zu dieser Katastrophe erzwang einen nächsten, der wiederum Ursache für alle weiteren Schritte war. Wenige Menschen konnten sich in Bunker tief unter der Erdoberfläche retten. Waren sie dort sicher? Konnten sie dort leben, unterhalb der zerstörten und verstrahlten Erdoberfläche?

Robert von Hemmelburg

Als Spross einer alten Soldatenfamilie und mit Leib und Seele Soldat traf mich diese Versetzung in den Bunker der Landesregierung sehr hart. Mir wurde die Verantwortung für Luft und Wasser übertragen und zur Begründung wurde mein Chemiestudium angegeben, doch ich vermutete, dass mein Vater seinen hohen militärischen Rang dazu benutzt hat, seinen Sohn in Sicherheit zu bringen. Er wusste aber, wie ich danach verlangt habe, unsere freiheitliche Ordnung verteidigen zu helfen, und wie sehr es mich kränkte, mich in einem Bunker verkriechen zu müssen. Was sollte es, ich kannte es nicht anders, Befehl ist Befehl.

Mein Fahrer bog in den Zugangstunnel zu der unterirdischen Befestigungsanlage ein. Vor einem Stahltor entlud er die Kiste mit den Unterlagen und reichte mir die Hand zum Abschied. Als er startete, hob sich schon die mächtige Stahltür, ein Offizier in Begleitung von zwei Zivilisten trat heraus und reichte mir die Hand: „Als Kommandant des Regierungsbunkers heiße ich Sie willkommen. Gestatten, von Filsau, 5. Pionierbrigade." Er gab seinen Begleitern den Befehl mein Gepäck zu meiner Unterkunft zu tragen. Der Kommandant war mir auf Anhieb sympathisch, er schien auf der gleichen Wellenlänge zu liegen, zackig, konservativ und pflichtbewusst. Er brachte mich zu einem kleinen Raum, in dem ich mich einrichten konnte, ein Bett, ein Schreibtisch mit Stuhl, ein kleiner Schrank und ein Bücherbord, es war nicht viel, aber mehr brauchte ich nicht. Der Kommandant sagte, er werde mich in einer Stunde abholen und mich mit dem Bunker vertraut machen. Ich war noch am Auspacken, da klopfte es und nach meiner Aufforderung trat ein junger Mann, halb in Zivil, aber mit einer Offiziersjacke ins Zimmer. Er stellte sich mit Felix Bruchseil vor und sagte, er wäre der Nachrichtenoffizier und wohne schon seit einer Woche mitsamt seiner Familie hier unten. Dieser Mann war ein gänzlich anderer Typ als der Kommandant, er hatte ein offenes und fröhliches Gesicht und wirkte ganz unmilitärisch. Ich mochte ihn aber trotzdem gleich sehr und hoffte, einen möglichen Freund gefunden zu haben. Felix Bruchseil sagte, es seien kaum Leute in der Anlage, aber bereits in zwei Tagen sollte der Bunker zu Leben erwachen, dann kämen eine Kompanie Pioniere und ein Team von Technikern vom Technischen Hilfswerk. Zum Willkommen lud er mich gegen Abend in seine Familie ein.

Nach der verabredeten Zeit kam der Kommandant und führte mich durch das Labyrinth der Gänge und in die Funktionsräume. Die Fülle der technischen Apparate machte mir Beklemmungen und ich realisierte, dass sehr viel Arbeit mit den Unterlagen auf mich wartete, bis ich annähernd meinen Anforderungen gerecht werden könnte. Abends lernte ich dann die nette Familie Bruchseil kennen. Das Raumangebot für eine Familie war im Bunker sehr eingeschränkt. Damit wir an einem kleinen Tisch sitzen konnten, mussten die Kinder auf dem unteren Bett der beiden Etagenbetten hocken. Zu einem ernsten Gespräch über die politische Lage wurden die Kinder später für einige Zeit auf den Flur hinausgeschickt. Herr Bruchseil, der als Funker die neusten Entwicklungen übermittelt bekam, berichtete mir von den eskalierenden Entwicklungen sowie dass die Evakuierung der Landesregierung bereits eingeleitet wäre und ihr Eintreffen schon in wenigen Tagen zu erwarten sei. Frau Bruchseil geriet durch diese Mitteilungen, die ihr Mann ihr wohl bisher vorenthalten hatte, in einen besorgniserregenden Angstzustand, so dass ich es für geraten hielt, mich zu verabschieden.

Am folgenden Tag rückten bewaffnete Soldaten in ihre Quartiere ein. Wie vorhergesagt wurden in Eile ein Teil des Bunkers für die Regierungsmitglieder eingerichtet und zeitgleich von Familien bezogen. Ich hatte kaum geschlafen und meine Unterlagen mit den Einrichtungen für die Luftreinhaltung und die Wasseraufbereitung verglichen. In Pausen machte ich kurze Abstecher in den Funkraum und ließ mich von Felix, wir duzten uns mittlerweile, über die neusten dramatischen Entwicklungen unterrichten. Es wurden auch bereits Zivilisten in den

Bunker eingelassen. Dabei beobachtete ich ein Ereignis, das mir sehr naheging. Die abkommandierten Soldaten, die den Einlass bewachten, ließen auf Befehl des Bunkerkommandanten erst Frauen mit Kindern in den Schutzraum. Vor dem Bunkereingang kam es zu Ausschreitungen. Das Fassungsvermögen des Bunkers war schon überschritten und das Tor musste gewaltsam geschlossen werden. Eine Frau mit drei kleinen Kindern realisierte, dass ihr Ehemann es nicht mit in den Bunker geschafft hatte. Nun schrie sie die Soldaten an, ihren Mann einzulassen, was denen bei dem gewaltsamen Auflauf vor dem Tor nicht möglich war. Die Frau schluchzte laut und verlangte herausgelassen zu werden, sie wolle zusammen mit ihrem Mann sterben. Sie tobte und war kaum zu bändigen. Es waren drei Männer nötig, um sie festzuhalten, und ein Sanitäter spritzte ihr ein Beruhigungsmittel. Man bettete sie auf eine Trage. Frauen kümmerten sich um ihre weinenden Kinder. Am folgenden Tag sah ich sie mit ihren Kindern bei der Essensausgabe, es war ein Elend sie zu sehen, ihr Leid ging mir sehr nah, aber ich fand keine Worte des Trostes für sie und wagte es nicht sie anzusprechen. Sicher war es eine richtige Entscheidung, Frauen mit Kindern bevorzugt einzulassen, denn wenn das Leben auf der Erde weitergehen sollte, waren die Kinder das Wichtigste. Ohnehin waren es schon zu viele Personen, die Einlass gefunden hatten. Der Bunker war zu einer unterirdischen Stadt geworden, 3145 Menschen hatten eine Zuflucht gefunden, weit über das Fassungsvermögen von 2000 hinaus. Es waren Mitglieder der Landesregierung, eine Einheit der Bundeswehr, Mitglieder des Technischen Hilfswerk, sonstiges Personal für die Verpflegung und die Wartung der Einrichtungen neben Frauen und Kindern aus der Umgebung.

Bei der Flucht in dieses Versteck hatten sich außer der von mir beobachteten Szene noch viele andere makabre Szenen vor dem Tore abgespielt. Es musste alles sehr schnell geschehen, die Ereignisse überstürzten sich und die Flüchtenden waren in Panik. Obwohl der Bunker geheim gehalten wurde, war er schon kurz nachdem die ersten eingeplanten

Schutzbedürftigen dort eintrafen, überfüllt. Es hatte sich wohl doch herumgesprochen, dass ausgewählte Personen dort in Sicherheit gebracht wurden. Die drei Wachen am Eingang waren machtlos, sie wurden überrannt. Die Pioniere mussten zur Hilfe kommen, die Hereindrängenden wurden zurückgedrängt und das Tor heruntergelassen. Die Zurückbleibenden wurden ihrem Schicksal überlassen.

Meine Berechnungen der Luftzusammensetzung waren langfristig an der oberen zuträglichen Grenze. Auch waren zu wenig Betten vorhanden, einige Leute mussten auf der Erde schlafen. Beim Wasser ist das Abwasser der limitierende Faktor. Das zur Verfügung stehende Tiefenwasser schien reichlich vorhanden zu sein, aber die Abwässer mussten hochgepumpt werden in eine oberirdische Kläranlage und als Reserveweg in den nahen Fluss. Der Kommandant kam einige Male zu mir, um diese Aspekte zu besprechen. Die Hauptsorge des Kommandanten war nach seiner Aussage, dass die Lebensmittel bei so vielen Personen knapp werden könnten.

Felix hatte sehr schlechte Neuigkeiten, eine Katastrophe schien unabwendbar. Lange haben wir Zwei darüber gesprochen, wie sich die Lage so sehr in diese Richtung entwickeln konnte.

Es begann, als China alle Zugänge nach Taiwan blockierte und mit seiner Kriegsmarine umzingelte. Da schien es noch ein begrenzter territorialer Konflikt zu sein mit aufgeregten Nachrichtensendungen, fallenden Aktienkursen und regen diplomatischen Bemühungen. Die USA fühlten sich herausgefordert und schickten ihre Flotte mit zwei Flugzeugträgern und einer großen Anzahl von Kriegsschiffen in das Gebiet. Auch Japan machte seine Flotte mobil. Nordkorea bot China Waffenhilfe an, was die Gefahr von offenen kriegerischen Auseinandersetzungen noch zusätzlich steigerte. Der Weltsicherheitsrat tagte, wie immer in Konflikten, an denen Großmächte beteiligt waren, ohne Ergebnis. Russland, durch seinen erzwungenen Rückzug aus der Ukraine gedemütigt, sah eine Chance, in der unübersichtlichen Weltlage sein Territorium auszuweiten, provozierte Autonomiebestrebungen der russischen Minderheit in Lettland und kam den Aufständischen nach bekannten Mustern mit Einheiten ohne Hoheitsabzeichen zu Hilfe. Die Machthaber in Moskau hatten die Vertragstreue der Nato unterschätzt und die russischen Truppen wurden in kurzer Zeit zurückgeschlagen. Nun trommelte die russische Propaganda gegen die USA, deren Imperialismus an allem schuld sein sollte, und sicherte China Beistand zu. Im Chinesischem Meer war es bei Drohgebärden geblieben. Taiwan wurde zu einem großen Teil über eine Luftbrücke versorgt. In dieser Anspannung wurde Israel durch eine Allianz von Iran, Irak und Libyen angegriffen, mit der Gruppe Wagner war auch Russland beteiligt. Die USA schickten Hilfstruppen. Die Kämpfe neigten sich zum Vorteil Israels. Dann kamen taktische Atomwaffen zum Einsatz. Beide Seiten beschuldigten sich gegenseitig, die Atomwaffen zum ersten Mal eingesetzt zu haben. Zu dieser

Zeit wurde der Bunker bezugsfertig gemacht. Nun griff Russland offiziell in den Konflikt ein und drohte mit ballistischen Atomwaffen. Russland beließ es zunächst noch bei Drohungen, die ersten mit Atomgranaten bestückten Raketen wurden dann von Nordkorea abgefeuert. In Europa waren kaum atombombensichere Bunker vorhanden und die Plätze in den wenigen, die noch aus der Zeit des Kalten Krieges stammten, waren heiß umkämpft. In aller Eile wurden noch verfügbare Anlagen hergerichtet und bezogen. Das Inferno war entfacht und es war eine Frage der Zeit, wann Europa in diese Auseinandersetzungen mit hineingezogen wurde. Die Menschen im Bunker wussten noch nicht, dass das Undenkbare unmittelbar bevorstand, nur drei Personen waren voll informiert, der Kommandant, Felix und ich und wir warteten stündlich darauf, dass die Katastrophe über uns hereinbrechen würde.

Noch zwei Tage blieb es ruhig, schon meinten wir, die Gefahr wäre doch noch abgewendet worden, dann waren

Erschütterungen von schweren Explosionen bis hinein in die Tiefe des Bunkers zu spüren. Die Nerven der Eingeschlossenen hielten diesem Druck vielfach nicht stand. Im Bunker spielten sich erschütternde Szenen ab, hysterische Anfälle, Schreien, lautes Beten, sogar Suizide. Dann folgten Tage mit ängstlichem Lauschen, die ebenfalls nicht zur Beruhigung der Nerven beitrugen, umso mehr, da die Insassen des Bunkers von jeglicher Nachricht ausgeschlossen waren. Nach den Explosionen waren alle Funkverbindungen unterbrochen.

Der Kommandant gab bekannt, dass der obere Teil des Zugangs anscheinend eingestürzt sei und die Eingangsschleuse sich nicht nach außen öffnen ließ. Es sei vordringlich notwendig, ein möglichst normales Leben in diesem Gefängnis zu organisieren. Ein Gefühl von Einsamkeit schlich durch die kargen, matt erleuchteten Gänge.

Auf meinem Weg zum Funkraum von Felix sah ich, dass der Raum von einer aufgeregten Menschenmenge belagert wurde. Ich drängte mich hinein und fand

Felix in bedrängter Lage. Er war vor Zorn rot und brüllte: „Was kann ich machen, sämtliche Verbindungen sind ausgefallen, aus allen Frequenzen kommt nur Rauschen. Ob unsere Sende- und Empfangsanlage in Ordnung ist, kann ich nicht sagen, es ist so, als gäbe es dort oben keine elektromagnetischen Wellen mehr." Felix Bruchseil stützte seinen Kopf mit beiden Händen. Der Funkraum war dicht gefüllt mit Verzweiflung. Er reckte sich hoch: „Raus hier, außer Robert, alle raus, da wird man ja verrückt, immer dasselbe, ich tu, was ich kann, ich sitze hier Stunde um Stunde und ihr rückt mir auf die Pelle, als sei ich dran schuld."

„Was geht hier vor?" Die Stimme des Bunkerkommandanten drang durch den Tumult. „Ich dulde keine Disziplinlosigkeiten, zurück in die Aufenthaltsräume." Der Funkraum leerte sich. Der Kommandant schloss die Tür und brummte: „Wenn wir nicht bald ein Lebenszeichen reinkriegen, wird das ein Irrenhaus." Er ging zum Computer: „Wir müssten doch wenigstens Signale von der Raumstation bekommen." Felix Bruchseil zuckte nur mit den Schultern: „Alles tot und überstanden, wir werden für Monate mit dieser Villa vorliebnehmen müssen, jedenfalls solange die Vorräte reichen", erwiderte er. Es entstand eine Pause, dann sagte Felix zum Kommandanten gewendet: „Machen denn wenigstens die Algenkulturen Fortschritte?" Zornig schaute der Kommandant den Funkoffizier an: „Kümmern Sie sich um Ihren Kram." Mit böser Mine verließ er den Raum.

Felix Bruchseil

Viele Stunden hatte ich vor den schweigsamen Apparaten gehockt, Frequenzen gewechselt und vergeblich auf Lebenszeichen gehofft. Ich fühlte mich leer, nun schloss ich die Tür zum Funkraum, Feierabend. Im Gang hallten fröhliche Kinderstimmen und dann kam eine wilde Schar angerannt, unwillkürlich machte ich einen Schritt zurück. Mein Sohn Nathan war auch mit in dieser Gruppe. Im

Vorbeilaufen rief er: „Hallo Papa", dann rasten alle springend und schubsend weiter. Ich schaute ihnen nach, wie schön, dass sie unter diesen Umständen noch so ausgelassen sein konnten. Für die Kinder war im Bunker ein großer Raum mit Spielzeug und Turngeräten eingerichtet, aber am liebsten tobten sie durch die verzweigten Gänge. Für sie war es ein großes Abenteuer. Kinder verarbeiten ihre Ängste anders als Erwachsene, in Gruppen mit anderen Kindern können sie die Ängste leichter verdrängen. Die Belastung zeigte sich dann oft nachts in Angstträumen und in Bettnässen. Nicht immer fanden die auch traumatisierten Erwachsene den richtigen Zugang zu der Belastung der Kinder. Zu oft wurden die Kinder ermahnt ihren Tatendrang zu zügeln. Meiner Meinung nach war die Möglichkeit sich auszutoben für sie die beste Therapie.

Ich hatte es nicht weit vom Funkraum bis zu dem kleinen Raum, in dem ich mit meiner Familie untergekommen war. Vier Etagenbetten, ein Tisch mit vier Stühlen und hinter einem Vorhang ein Waschbecken und eine Toilette. Daran anschließend war durch eine Behelfswand abgetrennt die nächste Kabine mit anderen Geflüchteten.

Mit dem Gedanken an meine Unterkunft verlangsamten sich meine Schritte. Kurz überlegte ich Robert aufzusuchen, aber ich fühlte mich zu niedergeschlagen. Auf dem kurzen Weg wuchsen meine Besorgnis und Traurigkeit noch an. Meine Frau Esther war an einer schweren Depression erkrankt, alle in der Krankenstation vorhandenen Medikamente hatten ihr bisher nicht helfen können. Zögernd öffnete ich die Tür. Mein ältester Sohn Daniel saß bei seiner Mutter, die von ihm abgewandt mit dem Gesicht zur Wand auf dem Bett lag. Ich legte meinen Arm um den Nacken meines Sohnes und fragte leise: „War etwas Besonderes? Du kannst jetzt gehen, ich werde wachen." Mein Sohn sah mich traurig an, es sah aus, als wolle er etwas sagen, doch dann wandte er sich ab und verließ den Raum. Nun saß ich sinnend neben dem Bett, die Zeit schlich quälend langsam. Als es an die Tür klopfte, fuhr ich erschrocken hoch, ich war etwas eingenickt. Ich öffnete die Tür, im Gang stand ein Kamerad und bat mich zu einer Versammlung zu kommen, es sei wichtig. Auf dem Gang war keines meiner Kinder zu sehen. Ich ging zwei Türen weiter, wo die Freundin meiner Tochter mit ihrer Schwester und ihrer Mutter wohnte und wo ich meine Tochter vermutete. Sarah war 14 Jahre alt und in einem schwierigen Alter, sie maulte und fand sich nur widerwillig bereit die Wache bei ihrer Mutter zu übernehmen. Halb scherzhaft tadelte ich Sarahs Verhalten, doch dann nahm ich sie in die Arme und redete lieb auf sie ein. Danach folgte ich meinem Kameraden in das Soldatenquartier.

Ich kannte die meisten dieser Truppe, ein Funkoffizier hat in der Truppe viele Bekannte. Im Quartier herrschten Tumult und Aufregung, mit Erstaunen sah ich, dass viele der Kameraden bewaffnet waren. Der Bunkerkommandant stand auf einem Tisch und brüllte: „Das ist Rebellion, ich dulde keinen Aufruhr, ich habe die Befehlsgewalt und trage die Verantwortung." Ein Gefreiter stieg zu ihm hinauf, nahm ihm das Mikrofon weg und schrie: „Du kannst dir deine Verantwortung sonst wohin stecken!" Er schubste den Kommandanten vom Tisch hinunter und sagte: „Ruhe, hört mal zu, wir müssen abstimmen, wie wir weiter vorgehen. Die Armee hat aufgehört zu existieren, wir lassen uns nicht mehr herumkommandieren. Jeder Dienstrang ist nun gleichberechtigt, wem das nicht passt, der steht außerhalb der Gemeinschaft. Auch unsere feine Landesregierung wird ihre Privilegien aufgeben müssen. Es gibt auch für sie keine besseren Quartiere und kein besseres Essen. Wir müssen uns mit allen zusammentun, mit dem technischen Personal, mit dem Küchenpersonal und Reinigungskräften, auch Angestellte der Landesregierung können mitmachen. Wir werden zusammen entscheiden, wie es weiter geht. Über Lautsprecher werden alle anschließend für morgen zu einer Versammlung aufgerufen, bis dahin wird unsere Truppe Ruhe und Sicherheit im Bunker gewährleisten. Noch eins, zur Beruhigung wurde das Märchen, der Haupteingang wäre verschüttet, in Umlauf gesetzt. Das ist nicht richtig, der Ausstieg vom Bunker ist frei, aber die Radioaktivität dort oben ist so stark, dass sie jeden in kurzer Zeit töten würde. Wir müssen uns also auf einen längeren Zeitraum einrichten, bis sich ein Großteil der radioaktiven Partikel niedergeschlagen hat oder durch Regen ausgewaschen ist. Bis dahin müssen wir unser Leben im Untergrund menschenwürdig und gleichberechtigt einrichten. Das war's, bezieht Posten und wechselt euch bis morgen ab." Nun redeten alle aufgeregt durcheinander. Einige gingen mit Waffen hinaus, um Wache zu halten. Robert stand mit versteinerter Miene etwas abseits. „Mensch Felix, was ist hier los, das ist Meuterei und das in dieser Situation, sind die übergeschnappt?" Bevor ich mich äußern konnte, steuerte der Redner auf mich zu, fasste mich am Arm und sagte: „Komm mit, wir müssen im Funkraum alle Lautsprecher einschalten, ich werde zur morgigen Versammlung aufrufen." Er wollte auch Robert ansprechen, doch dieser drehte sich wortlos um und entfernte sich. Später hatten wir beide ein langes sehr kontroverses Gespräch. Robert ist ein sehr konservativer Mensch und denkt in den Kategorien von Befehl und Gehorsam. Er sagt, wir hätten einen Eid geschworen. Meinen Einwand, wir hätten den Eid auf unser Land geschworen und das gäbe es nicht mehr, ließ er nicht gelten. Mit meinem Argument, es würden wahrscheinlich schreckliche Zeiten auf uns zukommen, die nur in Gleichberechtigung und mit einem solidarischen Miteinander bewältigt werden könnten, konnte er sich nicht anfreunden. Robert sagte, er werde seinen Verpflichtungen nachkommen, sich aber sonst aus allen Auseinandersetzungen heraushalten. Er würde keine Weisungen entgegennehmen, auch wenn sie in der Allgemeinheit abgestimmt würden. Aber wenn ich mich diesem Aufruhr anschließen würde, sollte unsere Freundschaft darunter nicht leiden.

Die Versammlung am folgenden Tag konnte nicht gleich stattfinden, zwar waren außer den Mitgliedern der ehemaligen Landesregierung fast alle erschienen, mehrheitlich war man jedoch der Meinung, es sei notwendig, auch ehemals Privilegierte in die Beratung mit einzubeziehen. Gewaltsames Vorgehen wurde einheitlich ausgeschlossen und der Vormittag verging mit verschiedensten

Überredungsversuchen. Angestellte der Regierung schlossen sich allmählich der Mehrheit an. Der Anspruch, weiterhin eine Führungsposition auszufüllen, konnte nun von den Parlamentariern nicht aufrechterhalten werden und so erklärten sie sich nach Absprache untereinander mit einer Zusammenarbeit einverstanden. Zwei Personen, der Bunkerkommandant und Robert, schlossen eine Zusammenarbeit aus und konnten nicht umgestimmt werden.

Am Nachmittag konnte dann mit den schwierigen Abstimmungen über die Organisation begonnen werden. Über eine langfristige Organisationsform konnte noch keine Einigung erzielt werden, aber für einige wichtige Aufgaben konnten Bevollmächtigte gewählt werden. Ein schwieriger Punkt war die Raumneuverteilung. Die luxuriös ausgestatteten Räume der Regierungsmitglieder sollten Frauen mit Kindern zur Verfügung gestellt werden, die beiden bisher getrennten Kantinen wurden zusammengelegt. Der bisher abgeteilte Bereich für

Regierungsmitglieder wurde aufgelöst, die Verbindungstür wurde offengehalten. Es wurde vereinbart, dass die Lebensmittelrationen als Tagesrationen ausgegeben werden sollten, um den Andrang an den Ausgabenstellen zu reduzieren. Es kam zur Sprache, dass die vorhandenen Lebensmittel selbst bei sparsamster Zuteilung nur zwei bis drei Monate reichen würden. Ein Nachschub stand nicht in Aussicht, da ein Aufenthalt oder sogar eine Bewirtschaftung der Oberfläche zurzeit noch nicht denkbar war. Ein Team wurde zusammengestellt, das sich intensiv mit dieser Frage beschäftigen sollte.

Ein wichtiger Erfolg dieser Versammlung war, dass eine Schule für die Kinder gegründet wurde. Es waren zwar nur zwei berufliche Lehrer vorhanden, aber die Frau des ehemaligen Innenministers war Schulleiterin gewesen und nahm sich dieser Aufgabe an. Auch meine Frau war von Beruf Lehrerin, aber sie fiel bei ihrem momentanen Gesundheitszustand aus und ich sagte zu, sie zu vertreten. Man beschloss noch, sich bei allen wichtigen

Fragen abzustimmen und möglichst Einvernehmen herbeizuführen. Alle Waffen der Soldaten wurden eingezogen und sicher verwahrt. Nach Auflösung der Versammlung wurde noch viele Stunden in kleinen Gruppen diskutiert.

Als ich aus der Versammlung heimkam, saß meine Frau zusammen mit den Kindern am Tisch und die Kinder berichteten ihr eifrig von den aufregenden Ereignissen des Tages. Welch eine freudige Überraschung, Esther sah viel lebendiger aus, als ich sie in den letzten Tagen gesehen hatte. Ich gab ihr einen Kuss und sagte ihr, wie gut sie heute aussehe. Dann setzte ich mich zu meiner Familie und nahm an dem Gespräch teil. Ich erzählte meiner Frau, dass die Kinder wieder beschult würden und dass ich mich als Aushilfslehrer angeboten hätte. „Meinst du, ich könnte auch wieder unterrichten?", fragte Esther unsicher. Ich war etwas überrascht: „Wenn du dich gesund genug fühlst, kannst du jederzeit anfangen, wir haben zu wenig Lehrer." Unvermittelt bekam meine Frau einen Weinkrampf: „Ich habe mir vorgestellt, es wäre viel besser gewesen, oben zu bleiben, anstatt hier langsam zu sterben, dann hätten wir schon alles überstanden. Aber Schule ist Zukunft, solange wir Kinder unterrichten, ist nicht alles hoffnungslos", schluchzte sie.

Es klopfte an die Tür. Daniel öffnete, draußen standen drei Männer, der lange und der kleine Walter und Kurt, der Mann, der bei der Soldatenversammlung die Rede gehalten hatte, sie wollten mich sprechen. Kurt reichte mir eine Liste und erklärte: „Wir haben uns Gedanken gemacht, was alles in nächster Zeit zu geschehen hat und wie lange noch unsere Versorgung sichergestellt ist, lies es bitte und schreibe alles dazu, was wir noch nicht bedacht haben. Wir werden wohl noch sehr lange hier unten sein, wir haben noch 5 Listen verteilt und können uns morgen zusammensetzen und es durchgehen." Die Blätter nahm ich entgegen und wünschte den Dreien eine gute Nacht. Als die Kinder im Bett lagen, setzte ich mich mit einer Taschenlampe an den Tisch und las.

Die Solarflächen liefern kaum noch Strom, sie müssen zerstört oder verdeckt sein. Das Dieselaggregat läuft nun schon 3 Stunden täglich, um die Akkus aufzufüllen. Es braucht pro Stunde 3 Liter und unsere Reserve ist weniger als 1000 Liter. Vordringlich muss der Versuch unternommen werden, die Solarflächen zu reaktivieren.

Das Abpumpen der Abwässer bereitet Schwierigkeiten, die Ausgleichsgefäße sind bald voll und die Pumpen stehen unter Druck.

Eine Inventur zeigt, die Lebensmittel reichen maximal 3 Monate, wir brauchen mehr Konverter für die Eiweißerzeugung, die aber sehr viel Energie verbrauchen (Energieproblem, oben).

Notwendige Vitamine (D) müssen hergestellt werden, ebenso die Psychopharmaka gegen Depressionen und Ängste.

Die Lebensmittel sollten schon jetzt vorsorglich auf ein Minimum rationiert werden.

Der Wasserverbrauch muss eingeschränkt und Abwasser vermieden werden, das *gebrauchte Wasser sollte möglichst wieder verwendet werden.*

Ich war mit dem Kopf auf dem Tisch eingeschlafen.

Nach gut einer Stunde legte ich mich im Halbschlaf zu meiner Frau ins Bett. Ich schlief etwas länger. Als ich erwachte, waren die Kinder schon unterwegs und Esther saß am Tisch und las die Liste durch. „Wenn dir etwas einfällt, was getan werden muss, schreib es bitte auf, ich gehe auf meinen Horchposten." Mit diesen Worten nahm ich noch einen Keks aus einer angebrochenen Packung auf dem Tisch und verschwand in Richtung meines Funkraums. Nach einiger Zeit kam Robert und beklagte sich, die Luftfilter müssten gewechselt werden, sie enthielten schon zu viele radioaktive Partikel. Ebenso gäbe es Schwierigkeiten beim Abwasser, das aber wohl nicht in seine Zuständigkeit gehöre. Er hätte sich an den Bunkerkommandanten gewandt, doch der lehne jede Zuständigkeit ab. Nun wüsste er nicht, an wen er sich wenden könnte und wer die Verantwortung übernommen hätte. Ich riet ihm, sich mit Kurt in

Verbindung zu setzen, und wir Zwei gingen ins Soldatenquartier. Als Kurt Freude darüber äußerte, dass Robert zu ihnen gestoßen sei, verwahrte sich Robert gegen diese Annahme, er wolle nur seinen Verpflichtungen nachkommen. Der große Walter mischte sich in das Gespräch ein und war empört, dass der ehemalige Bunkerkommandant Robert nicht an den zuständigen Techniker verwiesen hätte, der die Luftfilter in Verwahrung hätte und für den Wechsel zuständig wäre. Er schickte gleich einen Kameraden zu dem Techniker. Beim Abwasser wusste keiner einen Rat, es war dringend, dass jemand draußen nach dem Rechten sah, was aber mit einer großen Gefährdung verbunden war. Als Robert mit mir zurück ging, meinte er, dass er seinen positiven Eindruck von dem Bunkerkommandanten wohl überdenken müsse.

Als ich am kommenden Tag meine Tür zum Funkraum aufschloss, sah ich am Ende des Ganges eine diskutierende Menschenmenge. Neugierig ging ich den Gang entlang. Aus der Menge kam mir mein Sohn David entgegen: „Papa, ein

Mann ist im Schutzanzug nach oben gegangen und ist noch nicht wieder zurück." Kurt stand auch in der Menge und ich drängte mich vorsichtig zu ihm durch. Er berichtete, dass der kleine Walter sich bereit erklärt hatte, oben nach den Photovoltaikmodulen und dem Klärwerk zu schauen, denn schon seit Tagen sei der Ausgleichsbehälter für das Abwasser übervoll. Nach kurzer Wartezeit hieß es, Walter sei in der Dekontamination. Als sich die Tür öffnete, bestürmten alle den Eintretenden mit ihren Fragen. Walter erzählte, oben auf der Erde sei tiefer Winter und es läge hoher Schnee. Die Module wären unter Schnee begraben und das Klärwerk eingefroren. Walter wollte einen Schneeschieber und eine Schaufel holen und zurückgehen, um den Schnee zu beseitigen. Eine Kontrolle des Dosimeters, das er unter dem Schutzanzug getragen hatte, zeigte eine viel zu hohe Strahlendosis, die tolerierbare Tagesdosis war mehr als 20fach überschritten. Walter wurde sofort von zwei Begleitern in das Krankenrevier gebracht. Stimmen wurden laut, die es kaum glauben konnten, dass oben alles verschneit sein sollte, es war doch Juli, also Hochsommer. Doch es war völlig sicher, dass Walter keinen schlechten Witz gemacht hatte.

Die Freilegung der Photovoltaikmodule war unbedingt notwendig und ebenso erforderlich war eine Enteisung des Zuflusses der Kläranlage. Es mussten Freiwillige gefunden werden, die sich trotz der hohen Strahlenbelastung bereiterklärten diese Arbeit zu verrichten.

Ich ging den Gang zurück. Die hellgrauen Wände mit diesem gleichbleibenden künstlichen Licht bedrückten mich plötzlich. Eine ausweglose Beklemmung stieg in mir hoch, ich fühlte mich gefangen. An dem Funkraum ging ich vorbei zum Krankenrevier. Bei einer Schwester erkundigte ich mich nach Walter, sie gab aber keine Auskunft und verwies an den Arzt. Nun wartete ich im Vorraum. Als der Arzt erschien, hatte er es eilig, erklärte mir aber, dass reine Strahlenbelastung weniger gefährlich wäre als radioaktive Partikel. Wenn der Körper keine radioaktiven Partikel aufgenommen hätte, wäre die

Gefährdung eher klein und Walter ginge es gut.

Ich ging zurück zu meinem Arbeitsraum, wo mich schon einige Leute erwarteten. Über die Lautsprecher wurden Freiwillige gesucht, um die Strommodule freizuschaufeln und die Kläranlage zu enteisen. Der Aufruf war sehr erfolgreich, aber es konnten nur vier der Freiwilligen diese gefährliche Arbeit verrichten, es waren nur vier Strahlenschutzanzüge vorhanden. Auch Robert wollte sich zur Verfügung stellen, wurde aber abgelehnt, weil seine Funktion zu wichtig sei.

Nachdem die Photovoltaikanlage freigeschaufelt war, arbeitete sie wieder und es war genügend Elektrizität vorhanden. Auch alle Konverter konnten in Betrieb gehen. Es wurden bereits erste Algen geerntet und damit die Mahlzeiten angereichert.

Mittags weigerte sich Nathan seine Suppe zu essen. Nach langem Zureden sagte er, das wäre Hundesuppe. Ein Mädchen hatte ihm erzählt, dass man alle kleinen Hunde geschlachtet und zu Suppe verarbeitet habe. Ich erklärte ihm, dass es doch schon seit Wochen keine Tiere mehr im Bunker gebe und in der Suppe doch auch kein Fleisch sei. Nun wollte Nathan wissen, wo denn die kleinen Hunde geblieben wären, die zu Beginn im Bunker waren. Ich ging zu ihm und nahm ihn auf den Schoß: „Die Leute mit den kleinen Hunden hatten kein Hundefutter und die Hunde hätten verhungern müssen, deshalb hat man sie getötet, ohne ihnen Schmerzen zuzufügen. Im ganzen Bunker gibt es nur noch ein Tier, einen Vogel, den eine Frau im Gang C hat. Den kannst du dir ansehen, das wird die Frau wohl erlauben." Dankbar lächelte Esther mir unbemerkt zu, als nun Nathan seine Suppe auslöffelte.

Mit Freude und etwas Erstaunen merkte ich, dass aus der Masse verstörter Einzelwesen langsam eine soziale Lebensgemeinschaft wurde. Den Anfang hatten die Kinder gemacht, die sich sehr schnell zu größeren Gruppen zusammengeschlossen hatten. Nun folgten die Erwachsenen und bildeten soziale Gruppen. Zur Freizeit und zu den Mahlzeiten saß man nicht mehr allein in den kleinen Räumen, sondern die Gänge wurden in Beschlag genommen, Tische und Stühle herausgestellt, die Familien nahmen Kontakt untereinander auf und es entstand eine rege Kommunikation.

Der Schulunterricht wurde in den Räumen der ehemaligen Landesregierung abgehalten. Ich war glücklich, meine Frau Esther war wie ausgewechselt. Sie hatte sich mit der Leiterin der Schule angefreundet und ohne die sonst üblichen Hilfsmittel brachten die Lehrer einen anspruchsvollen Unterricht zustande. Die Schwierigkeiten waren außerordentlich, es gab weder Unterrichtsmaterial noch Papier und Schreibgeräte, nicht einmal eine Tafel mit Kreide. In dem Verwaltungsraum neben meinem Funkraum gab es einen elektronischen Drucker mit einer kleinen Papierreserve. Ein Teil davon, ca. 100 Blatt wurde der Schule zur Verfügung gestellt. Aber was sind 100 Din-A4- Bögen für einen Schulunterricht. Das alles mussten die Lehrkräfte durch ein gesteigertes Engagement auszugleichen. Der technische Unterricht, den ich einer

Gruppe von größeren Kindern erteilte, machte Spaß und schon bald hatten die Kinder unter meiner Anleitung funktionsfähige Funkgeräte entwickelt, mit denen man sich im Bunker auch über größere Entfernung verständigen konnte. Auch zur Weiterbildung von Erwachsenen hatten sich lockere Gruppierungen zusammengetan. Im Bunker gab es kein Radio, kein Fernsehen und kein Kino, es blieb nur die Möglichkeit Unterhaltung aktiv zu gestalten. Es fand sich ein Chor, der sich aus dem Gedächtnis Lieder einübte, Noten und Musikinstrumente waren nicht vorhanden. Eine Frau hatte sich als Geschichtenerzählerin hervorgetan, zuerst nur für Kinder, aber dann kamen immer mehr erwachsene Zuhörer hinzu.

Für viele Erwachsene war es die Langeweile, die sich zerstörerisch auswirkte. Im ganzen Bunker gab es einige Packungen Spielkarten, die Soldaten mitgebracht hatten und die bis spät in die Nacht benutzt wurden. Die Karten hielten der Belastung fast drei Wochen stand, bis dahin gab es stetigen Andrang von Wartenden, die gern mitspielen wollten.

Einen zweiten Engpass bildeten zwei Reiseschachspiele, die ständig in Benutzung waren. Man musste sich lange vorher anmelden, um in den Genuss einer Schachpartie zu kommen. Darüber hinaus gab es die sonst nutzlosen Handys, ohne einen Internetanschluss war deren Verwendung sehr eingeschränkt, es kam darauf an, welche Apps in der vorherigen Zeit darauf gespeichert waren. Daniel hatte in seinen Sachen einen Würfel gefunden, mit dem wir uns mit ausgedachten Spielen lange inhaltslose Stunden gestalteten. Als das Gemeinschaftsleben in den Gängen erwachte, ging der Würfel dann in Gemeingut über und war bald nicht mehr auffindbar.

Je bevölkert die Gänge waren, desto stärker machte mir ein Gefühl von Klaustrophobie zu schaffen. In den anfangs meist leeren Gängen hatte ich auch ein unbehagliches Gefühl, was ich aber nicht weiter beachtete und der Sondersituation zuschrieb. In meinem Funkraum mit den Gerätschaften atmete ich auf, aber nach einigen Stunden der vergeblichen Suche nach Signalen fühlte ich fast so etwas wie Panik in mir aufsteigen. Dann sagte ich zu mir selbst, dass gewiss noch viele andere Menschen in anderen Bunkern überlebt hätten, nur dass weitreichende Funkeinrichtungen zerstört wären. Tagelang trug ich mich mit dem Gedanken, eine bessere Antenne zu bauen und sie oben aufzurichten. Im Grunde hatte ich aber auch etwas Angst davor, denn sollte ich damit noch immer keine Signale auffangen können, würde das Gefühl der Einsamkeit noch verstärkt. Es war ein seltsames Einsamkeitsgefühl, so dicht bei dicht unter Menschen. In der Zeit vor dem Bunker hatte ich noch nie so engen Kontakt zu anderen Menschen gehabt, mich aber noch nie einsam gefühlt.

Robert von Hemmelburg 2

Es mag sein, dass der Satz „Die Umwelt prägt den Menschen" doch nicht so falsch ist, wie ich früher dachte. In der Zeit im

Bunker bin ich ein anderer Mensch geworden. Ich war vorher eingehüllt in Traditionen, nun war ich entwurzelt, der Nährboden war zerstört. Mir kamen Gedanken, die mir früher fremd waren. Über die Behandlung durch den Bunkerkommandanten war ich empört. Ich war mir nicht mehr sicher, ob es eine Alternative gab. Wenn wir länger hier unten eingesperrt blieben und die Vorräte zu Ende gingen, konnte ich mir eine unterschiedliche Rangordnung und Privilegien nicht mehr vorstellen. Wir hatten ein gleiches Schicksal und eine gemeinsame Verantwortung. Ich wollte mit den Aufsässigen nichts zu schaffen haben, aber um meinen Verpflichtungen nachzukommen, musste ich mit ihnen zusammenarbeiten. In Kurt sah ich anfangs nur einen Deserteur und Vaterlandsverräter. Dann lernte ich ihn als sehr tolerant und pflichtbewusst gegenüber der Allgemeinheit kennen. Er sah in mir einen sturen Kommisshengst, aber er ließ mich gelten und erkannte meine Fachkompetenz an. Zuerst konnte ich es nicht verstehen, dass sich Felix mit diesen Leuten einließ, doch nun sah ich, wie sich das Leben im Bunker harmonisiert hatte und wie sehr sich die Leute, die ich erst als Aufrührer betrachtet hatte, für andere einsetzen.

Felix Bruchseil 2

An einem Abend ging ich mit Esther, als die Kinder im Bett lagen, zu einer Abendveranstaltung in das Soldatenquartier. Ein angenehmer Bariton sang Lieder von Georg Kreisler. Diese teils deftigen Texte ließen den grausamen Alltag ein wenig vergessen. Er sang vom Paule, von alten Tanten, von der Freundschaft, dem Liebesmörder und seltsame Liebeslieder. Auch ohne Musikbegleitung war das nach so langen belastenden Tagen ein entspannendes Ereignis und wurde allgemein sehr genossen. Als wir wieder in unsere Räumlichkeit zurückkehrten, hörten wir schon vor der Tür eine große Aufregung und Weinen. Nathan hatte böse Träume gehabt und ließ sich von seinen

Geschwistern nicht besänftigen. In Esthers Armen beruhigte er sich und nach einigen Schluchzern schlief er in ihren Armen wieder ein. Vorsichtig half ich, den Kleinen zurück ins Bett zu legen.

Ich hatte eine sehr empfindliche Empfangsanlage zusammengebaut und damit auch die ersten noch unverständlichen Signale empfangen. Dieses Ereignis feierten die Bunkerinsassen, als hätten Wissenschaftler vor der irdischen Katastrophe Signale aus dem Weltraum aufgezeichnet. Der Funkraum war wieder angefüllt mit Neugierigen, doch die Signale rissen schnell wieder ab, bevor man feststellen konnte, welchen Inhalt die Meldung hatte und in welcher Sprache sie gesendet wurde. Nach erfolglosen Versuchen, auf derselben Frequenz zu senden und weiterhin zu horchen, gab ich auf und ging heim. Meine Frau Esther empfing mich mit überschwänglicher Freude. Sie umarmte mich und versuchte mit mir durch das enge Zimmer zu tanzen. Ihr Gesicht war gerötet und sie atmete heftig. Ich nahm ihr Gesicht in meine beiden Hände und schaute in ihre Augen. Ihre Pupillen waren geweitet und ihr Blick war unstet. „Was ist mit dir, was hast du gemacht?", fragte ich besorgt. Esther lachte laut: „Es ist nichts, ich fühle mich wohl." Ihren Zustand fand ich besorgniserregend und fragte: „Hast du etwas eingenommen?" „Natürlich nur das Mittel gegen Depression, das ich immer einnehme, es wird nun hier in der Apotheke selbst hergestellt." Ich ließ mir die neuen Tabletten zeigen und steckte heimlich eine davon ein. Den ganzen weiteren Abend war Esther sonderbar, und auch als die Kinder heimkamen, wunderten sie sich über ihre Mutter. Selbst in der Nacht war sie noch sehr unruhig. Am nächsten Tag sprach ich mit Robert darüber. Er meinte, dass er schon bei mehreren Leuten ein sonderbares Betragen festgestellt habe. Da zeigte ich ihm die Tablette, die ich heimlich eingesteckt hatte. Robert legte seine Hand auf meine Schulter und zog mich mit sich: „Fragen wir doch einmal in der Apotheke nach." Es kam mir etwas übertrieben vor, aber in der Apotheke erfuhren wir, dass sich schon einige Leute beschwert hätten und die Ausgabe der Tabletten eingestellt wurde. Die Apothekerin erklärte: „Alle Antidepressiva aus dem Vorrat sind aufgebraucht und wir hatten keine Möglichkeit, unser selbst hergestelltes Präparat zu testen. Die starke Nebenwirkung könnte an der Dosis liegen, bis das geklärt ist, müssen alle Depressiven ohne Medikamente auskommen." Ich ging zu dem Unterrichtsraum, wo meine Frau unterrichtete, bat sie kurz heraus und sagte ihr, sie möge diese Medikamente nicht mehr verwenden.

Auf dem Weg zurück schaute ich mir die großen Fermenter an und machte mich über die Algenproduktion und die Synthese von Eiweiß kundig. Die Hälfte der täglichen Nahrung konnte künstlich hergestellt werden, aber auch nur, solange die Zusatzstoffe reichten. Das bedeutete aber auch, wenn die eingelagerten Vorräte in einigen Monaten verbraucht seien, dass dann auch die Produktion der Ergänzungsnahrung zu Ende ginge. Ich kam zu der Überzeugung, dass nur oben in der zerstörten Welt ein Ausweg gefunden werden könnte, um dem Hungertod zu entgehen. Ich sprach mit Kurt, und der meinte, das Problem wäre erkannt. Es folgten Diskussionen innerhalb der Gruppen, die sich um die Ernährung kümmerten, bis sich Mutige bereit erklärten aufzubrechen und zu untersuchen, ob in unterirdischen Lagern eines nahen ehemaligen Supermarktes oder in einem Silo der Landwirtschaft Nahrungsmittel zu finden seien, deren Verzehr möglich wäre. Wieder waren es die vorhandenen vier Schutzanzüge, die nur vier Leuten erlaubten aufzubrechen. Im Lager waren einige Bretter vorhanden. Die Schneeschuhe, die daraus gefertigt wurden, waren sehr provisorisch, würden aber das Stapfen durch den tiefen Schnee erleichtern. Die vier Männer konnten die Sprechfunkgeräte mitnehmen, welche die Kinder unter meiner Anleitung gebaut hatten. Zwar war nicht sicher, ob die Reichweite ausreichte, die Geräte könnten aber gute Dienste leisten. Robert trieb eine Landkarte auf, die das Gelände vor der Zerstörung zeigte und aus der hervorging, dass in ungefähr 10 km Entfernung damals ein großer Kaufpark gestanden hatte. Dann gingen die Vier von guten Ratschlägen begleitet los. Die Sprechverbindung funktionierte und so berichteten sie nach längerer Zeit, sie hätten ein noch gut erhaltenes Silo gefunden, das wohl einmal mit Korn gefüllt war, welches aber verbrannt sei, in dem Silo wären nur verkohlte Rückstände. Dann verging längere Zeit. Als sich die Vier wieder meldeten, hatten sie den zerstörten Kaufpark gefunden und suchten nach unterirdischen Lagerräumen. Nun vergingen nochmals mehr als drei Stunden, der Tag ging zur Neige und die Ausgesandten waren noch immer unterwegs. Abends meldeten sie, dass sie Kellerräume gefunden hätten, dort würden größere Mengen an eingepackten Lebensmitteln lagern, vor allem Dosen. Sie hätten sich satt gegessen und würden in dem Keller übernachten. Das waren erfreuliche Nachrichten und wir machten uns Gedanken, wie wir es anstellen könnten, größere Mengen von den kostbaren Gütern mit nur vier Personen in den Bunker zu holen.

Auf einer selbstgefertigten Trage brachten die Heimkehrenden am nächsten Tag so viel Lebensmittel mit, dass sie völlig erschöpft waren. Für dreitausend Leute war das kaum eine Mahlzeit, lediglich gab es am folgenden Tag eine gute, gehaltvolle Suppe. Der anstrengende Versuch, unser Nahrungsangebot zu erweitern, führte uns vor Augen, dass wir auf diese Art das Nahrungsproblem nicht langfristig lösen konnten. Mit einem zum Transport gebauten Schlitten holten wir die dort gelagerten Lebensmittel in den Bunker, abgesehen von einer Abwechselung im Nahrungsangebot reichte das bei sparsamster Verteilung nur für eine zusätzliche Woche. Nach einiger Zeit gingen die Zusatzstoffe für die Konverter zur Neige und die Ausbeute von Algen und künstlich erzeugtem Eiweiß ging zurück. Ohne Mithilfe eines Wahrsagers war abzusehen, dass in etwa einem Monat alle Bunkerinsassen verhungern müssten, wenn nicht ein Wunder von außerhalb eintreffe.

Regina Klausner-Bach

Meine Kinder waren noch nach Wochen eingeschüchtert und betrübt. Sie hatten aber aufgehört, nach ihrem Papa zu fragen. Ich konnte ihnen nur sagen, dass er wahrscheinlich im Himmel ist und auf uns aufpasst. Nele kümmerte sich mit ihren 7 Jahren rührend um die beiden 4jährigen Zwillinge Knut und Katharina. Sie scheuten sich mit anderen Kindern zu spielen und ich musste sie ins Spielzimmer begleiten und bei ihnen bleiben. Ich merkte selbst, dass ich nicht fähig war, so auf die Kinder einzugehen, wie es nötig wäre. Die Medikamente aus der Bunkerapotheke konnten meine Gedanken an meinen geliebten Mann nicht ausschalten. Wie schrecklich musste es für ihn ohne mich gewesen sein, vor dem geschlossenen Bunker, schutzlos und sein Ende vor Augen. Weit und breit hatte er keine Möglichkeit sich zu verbergen. Fast hätte ich in meiner Not meine Kinder in Stich gelassen, wenn man mich herausgelassen hätte. Es war, als würde man mir das Herz herausreißen. Als ich aus der Betäubung erwachte, konnte ich keinen klaren Gedanken fassen. Als man mir dann meine Kinder zurückgab, wusste ich, wofür es sich lohnt weiterzuleben. Mir blieb die Erinnerung an neun schöne Jahre mit meinem geliebten Mann, für ihn mussten wir weiterleben.

Uns hatte man ein schönes Zimmer im ehemaligen Regierungsbereich zugewiesen, viel schöner und bequemer, als es die meisten Bunkerinsassen hatten. Nele bekam schon Schulunterricht und sie gab ihr neues Wissen eifrig an ihre dafür noch zu kleinen Geschwister weiter. Ein junger Soldat kam öfters mit den Kindern zu spielen. Mir gegenüber war er zurückhaltend und eher schüchtern, aber mit den Kindern tobte er und dachte sich Geschichten aus. Die Kinder hatten ihn sehr liebgewonnen, und wenn er zurück in die Soldatenunterkunft ging, mussten wir ihn ein Stück begleiten. Ich hoffte, dass niemand etwas Böses dachte, wenn ein Mann uns so oft in unserem Zimmer besuchte. Zugegeben, ich fand ihn auch sehr nett, aber schließlich war ich zehn Jahre älter und in einem Zustand zwischen Verheiratet sein und einem sehr wahrscheinlichen Witwentum. Außerdem glaubte ich nicht, mich wieder verlieben zu können, denn in meinem Herzen wohnte mein immer geliebter Dieter. Der Soldat, die Kinder nannten ihn Gunter, hatte mir eine warme Decke gebracht. Ich hatte nebenbei gesagt, dass ich oft fröstele, da der Bunker recht kühl wäre. Er war sehr fürsorglich. Das Leben hier unten war mit der Zeit zum Alltag geworden. Ich hatte Angst an eine Zukunft zu denken. Was würde dann sein, wenn wir den Bunker verlassen würden, wie konnte ich meine Kinder schützen, sie ernähren und fördern? Nein, daran durfte ich nicht denken, wir waren erst einmal in Sicherheit und jede Minute, in der es uns gut ging, war kostbar.

Robert von Hemmelburg 3

Die aussichtslosen Zukunftsaussichten begannen allmählich in das Bewusstsein aller im Bunker ausharrenden Personen einzusickern. Einige flüchteten sich in religiöse Ekstase. Nicht selten schallten religiöse Gesänge durch die Gänge. Missionare liefen durch den Bunker und versuchten ihr Publikum von der Errettung durch Glauben und Gebete zu überzeugen. Ein alter Mann tat sich hervor, indem er die Kinder in dem Spielzimmer mit Verdammnis, dem Satan und dem Fegefeuer ängstigte. Er musste schon mehrmals mit sanfter Gewalt aus dem Raum gewiesen werden. Mit missionarischem Eifer waren aber nur wenige unterwegs, sie fielen nur sehr auf. Die meisten Insassen waren lethargisch und antriebslos, neben dem Nahrungsproblem waren Depressionen ein Hauptproblem. Mir gelang es, den schwarzen Stimmungen zu entkommen, indem ich mich ablenkte und möglichst oft mit Kameraden zusammen war, obwohl die große nicht vermeidbare Nähe auch eine Quelle von Konflikten werden konnte.

Ich hatte angefangen, in dem kleinen Labor der Apotheke mit Zusatzstoffen für die Fermenter zu experimentieren. Reagenzien der Apotheke konnte ich in notwendige Ausgangsstoffe für die Eiweißsynthese und für die Algenproduktion umwandeln. Heimlich, ganz im Geheimen, nicht einmal Freunde durften davon wissen, hatte ich Fäkalien mit Säuren verkocht und daraus wichtige Stoffe extrahiert. Ich befürchtete, man würde sich davor ekeln, aber die Notlage der Ernährung machte es zwingend, auch solche Wege zu gehen. Jedenfalls war es mir gelungen, die künstliche Produktion von Lebensmitteln am Laufen zu halten. Leider war das nur ein Teil der benötigten Menge und schützte nicht vor dem langsamen Verhungern.

Es gab eine große Aufregung, eine Frau wurde von zwei jungen Männern brutal vergewaltigt. Das Eingreifen von einigen Leuten, die Schreie hörten und in den Raum eindrangen, hatte wohl noch Schlimmeres verhindert. Nun schleppte eine aufgeregte Menge die beiden Übeltäter in den Mannschaftsraum. Ich versuchte zu verhindern, dass sie gelyncht wurden, und Kurt kam mir mit einigen Freunden zu Hilfe. Die beiden Vergewaltiger wurden in einen kleinen

Geräteraum gesperrt und zwei stämmige Soldaten bewachten die Tür. Außer einigen Hitzköpfen, die gleich Selbstjustiz üben wollten, wusste niemand Rat, was mit den Tätern weiter geschehen sollte. Es war naheliegend, sie aus dem Bunker auszuschließen, aber das wäre ihr sicherer Tod gewesen. So kam man überein, die beiden in dem Raum als Gefängnis gefangen zu halten.

Mir war bewusst, dass die Bevölkerungsstruktur im Bunker derartige Konflikte förderte und dass das Verhältnis zwischen den Geschlechtern spannungsgeladen war. Das konnte aber keinesfalls als Entschuldigung für den brutalen Übergriff der zwei Soldaten dienen. Man musste den Hergang der Besiedelung des Bunkers kennen, um die bestehenden sozialen Spannungen zu verstehen. Als die politischen Spannungen auf der Erde eskalierten, wurde eine Kompanie der Bundeswehr beauftragt, den Bunker in Betrieb zu nehmen. Felix wurde für die Nachrichtenverbindung abgestellt. Da gerade Ferienzeit war, ließ Felix seine Familie nachkommen und einige Leute vom technischen Personal taten das Gleiche. Ich kam dann als Verantwortlicher für Luft und Wasser dazu. Nach der atomaren Drohung Russlands übersiedelten die Mitglieder der Landesregierung mit ihren Familien in den Bunker. Dann wurde für junge Frauen mit Kindern, deren Ehemänner einberufen wurden, der Bunker geöffnet. Danach eskalierten die Zustände am Bunkereinlass und der Bunker musste geschlossen werden. So kam es, dass heile Familien in der Minderzahl waren. Es gab viele Kinder, viele junge Frauen und die Soldaten der Bundeswehr waren junge Männer. Am Anfang dominierte die Angst und alle waren mit sich selbst beschäftigt. Dann vergingen viele lange Tage der Untätigkeit. Junge Frauen und Männer sahen sich bei der Essensausgabe und trafen sich in den Gängen. Existenzprobleme konnten das angeborene Triebleben nicht ganz ausschalten. So kam es zu Kontakten und gelegentlich auch zu Belästigungen, die aber kommuniziert und zurückgewiesen werden konnten.

Eine Gruppe von neun Personen beriet über die Versorgungslage. Sie hatten die ausgegebenen Vorschlagslisten eingesammelt und durchgesprochen. Immer wieder kamen sie zu dem Ergebnis, dass es nur noch wenige Wochen dauern könnte, bis der Mangel unbarmherzig zuschlagen würde. Die einzige Hoffnung bestand darin, außerhalb der Bunkers weiterzusuchen. Die vier Schutzanzüge sollten genutzt und Kundschafter weiter ins Land gehen. So unwahrscheinlich es war, dass wir dort draußen in dem zerstörten Land Nahrung finden konnten, die minimale Chance musste genutzt werden. Nach einigen Tagen vergeblicher Suche hatten die Kundschafter eine Straße gefunden, auf der viele zerstörte Lastwagen lagen. Die meisten waren ausgebrannt, aber bei einigen schien der Frachtraum noch erhalten. Nun brachen vier Männer mit Werkzeug auf, um die Lastwagen auf noch verwertbare Ladungen zu untersuchen. Sie machten reiche Beute. Wir waren glücklich, als die vier Ausgesandten reich bepackt zurückkamen. Als sie berichteten, dass in bisher geöffneten Lastwagen reichlich Lebensmittel waren, führten wir Freudentänze auf. Unter große Transportkisten wurden Kufen aus Rohren angebracht. Nochmals brachen vier Mann mit zwei dieser Behälter auf und kamen bei Beginn der Dunkelheit voll bepackt zurück. Am folgenden Tag wurden die Transporte fortgeführt.

Wenn eine Mannschaft zurückkam, stiegen gleich vier andere in die noch schweißfeuchten Schutzanzüge und gingen unsere Transportkisten füllen. Unser Lebensmittellager füllte sich, und als wir dann noch später zwei andere der verunglückten Lastwagen öffnen konnten, waren viele Wochen des Überlebens gesichert und wir konnten auf ein Ende des Winters hoffen.

Alle glaubten an einen neuen Frühling und dass sie dann auf die Erde zurückkehren könnten. Sie erzählten einander, wie sie ein Haus bauen und kontaminierte Erde entfernen wollten. Sie träumten von einem Garten mit Gemüse und Feldfrüchten. Sie verdrängten die unerbittliche Realität, dass ohne Material schwer ein Haus erbaut und ohne Saatgut auch kein Acker bestellt werden konnte.

Felix war kein Träumer, er wusste, dass es ein sehr langer Existenzkampf werden würde, der nur mit unglaublicher Anstrengung und sehr viel Glück zu bestehen war, wie er mir darlegte. Er richtete seine Hoffnung darauf, dass sich noch Reste der alten Zivilisation erhalten hatten, die den Grundstein für ein neues Leben bieten könnten. Die große Unbekannte war die Dauer dieses ungewöhnlichen Winters, aber auch ob mit dem Schnee die niedergeschlagenen radioaktiven Stoffe abgeschwemmt würden. Es gab so vieles, dessen Klärung hinausgeschoben werden musste.

Felix Bruchseil 3

Esther hatte ihre Familie wieder einmal zum gemeinsamen Mittagessen versammelt. Das war in letzter Zeit selten der Fall. Durch das Schlangestehen zur

Essensausgabe mit der verbundenen Wartezeit wurde oft zu verschiedenen Zeiten gegessen. Sarah beteiligte sich an der allgemeinen Unterhaltung nicht, sie aß hastig und bat dann schon aufstehen zu dürfen. Ich sagte ihr, dass ich das schade fände, da wir einmal alle zusammensaßen, erlaubte ihr aber zu gehen. David half noch beim Abräumen, dann hielt es die beiden Knaben auch nicht mehr in dem engen Raum. „Was ist denn mit unserem Töchterlein?", fragte ich beim Säubern des Geschirrs meine Frau. Esther schmunzelte: „Sie ist verliebt, das ist nicht so einfach, sie schwärmt für den Sohn unserer Schulleiterin, der ist zwei Jahre älter und hat wohl noch nicht angebissen." Ungläubig sagte ich: „Ist das nicht viel zu früh, sie ist doch noch nicht aus der Trotzphase." Meine Frau machte sich über mich lustig: „Da sieht man wieder, wie wenig Ahnung du von Frauen hast! Hast du nicht bemerkt, wie sehr sich deine kleine Prinzessin in letzter Zeit verändert hat? Sie wird eine Frau, sogar ihre Periode hat sie schon zweimal gehabt. Du warst zu beschäftigt, um das zu merken." In mir stieg die Sorge um die Zukunft hoch und ich wandte mich ab, damit meine Esther es nicht sah.

Eines Tages fand ich Nathan, wie er am Tisch saß und auf dem alten Handy einen Text eintippte. Auf meine Frage, was er da schreibe, sagte Nathan, er schreibe eine Geschichte. Er hatte vorher auf dem Notebook tippen gelernt, doch das musste dem Schulbetrieb zur Verfügung gestellt werden. So hatte ihm David das alte nutzlose Handy geladen und in Betrieb gesetzt. Ich fragte den Kleinen, ob ich seine Geschichte lesen könne. Nachdem ich sie durchgelesen hatte, war ich sehr gerührt. Nathan hatte von Häusern und Tieren geschrieben, in richtigen Sätzen und mit viel Fantasie. Ich hatte so etwas dem kleinen Siebenjährigen nicht zugetraut und nun merkte ich, wie wenig ich meine Kinder kannte. Als ich Esther davon berichtete, sagte sie, sie wüsste davon und hätte es bestärkt.

Als ein Radiokontakt mit einer anderen Bunkerbesatzung, die auch überlebt hatte, zur Erleichterung aller hergestellt werden konnte, machten wir die Erfahrung, dass die Leute dort mit den gleichen Problemen kämpfen mussten und auch keinen Ausweg aus der Misere wussten. Nun wussten wir aber, dass noch mehr Menschen überlebt hatten, und das nährte den Glauben an eine mögliche Zukunft.

An einem Abend mit erfolgloser Suche nach mehr Funkkontakten von Überlebenden kamen meine zwei Buben blutend in das Zimmer. David hatte eine Wunde am Kopf und ein Auge war fast zugeschwollen, auch Nathan blutete aus der Nase. Ich versuchte das Bluten zu stoppen und beide so gut es ging zu verarzten und erfuhr dabei unter Weinen, dass mehrere Kinder eine Bande gegründet und Nathan geschlagen hätten, worauf David versucht hatte seinen Bruder zu verteidigen. Vorsichtshalber ging ich mit David zur Krankenstation, wo er untersucht und verbunden wurde. Mir kam der Gedanke, dass ich die soziale Aktion der Kinder am Anfang ihres Aufenthalts im Bunker als einen ersten Schritt für das Zusammenfinden der Erwachsenen gesehen hatte. Hoffentlich war dieses Verhalten der Kinder kein schlimmes

Vorzeichen und die Harmonie zwischen den Bunkerinsassen nicht nur von kurzer Dauer. Ich beschloss, mit der Schulleiterin über den Ausbruch von Gewalt zwischen den Kindern zu sprechen. Als wir heimkamen und ich mit Esther darüber sprach, war auch sie sehr besorgt und erzählte, dass es leider in den letzten Tagen mehrere Zwischenfälle gegeben hätte.

Die Befürchtungen bewahrheiteten sich und die Streitereien zwischen den Kindern nahmen zu, was dann auch zu deutlichen Rissen in der Harmonie bei den Kindeseltern führte. Die Erwachsenen mischten sich in den Kinderstreit ein, was einer Beilegung allzu oft nicht förderlich war. Soweit Esther und ich von unseren Kindern erfuhren, hatten sich zwei sogenannte Banden gebildet und beanspruchten ein eigenes Revier, das sie gegen Übergriffe verteidigten. Die Lehrkräfte versuchten zu moderieren und gegen das Bandenwesen vorzugehen, machten aber die Erfahrung, dass Kinder, die sich überzeugen ließen und sich keiner Bande anschlossen, es oft noch schwerer hatten, denn dann wurden sie von beiden

Parteien befeindet. Schließlich wurde das Spielzimmer zu dem einzigen neutralen Ort, musste aber von Erwachsenen beaufsichtigt werden. Diese Situation wirkte sich derart aus, dass sich die Erwachsenen aus den Fluren zurückzogen und sich wieder vermehrt in den eigenen engen Räumlichkeiten aufhielten. Kurt und alle Personen, die sich die Last der Verantwortung aufgeladen hatten, machten viele Versuche, die aufkeimenden Feindschaften nicht ausufern zu lassen.

Robert von Hemmelburg 4

Die Stimmung im Bunker verschlechterte sich sichtbar. Misstrauen und Unfreundlichkeiten im Umgang nahmen zu. Waren es zuerst nur auffällige Absonderlichkeiten, so waren es nun vermehrt Gehässigkeiten, die das Zusammenleben erschwerten. Eine Gruppe von Kurt mit seinen Kameraden, einigen Personen vom technischen

Personal, von Felix und mir, auch ehemalige Parlamentarier waren darunter, versuchte auszugleichen und das Zusammenleben wieder erträglich zu machen. Unsere Bemühungen wurden dadurch erschwert, dass wir gezwungen waren, die täglichen Lebensmittelrationen unter ein normales Niveau abzusenken. Für Erwachsene bedeutete das eine leichte Mangelernährung, nur die Kinder sollten genügend versorgt werden. Es verwunderte mich nicht, dass einige Leute das nicht akzeptieren wollten. Eine Versammlung endete mit Verdächtigungen und Pöbeleien, von Solidarität war dort wenig zu spüren. War es so schwer zu verstehen, dass unsere einzige Chance in einem Miteinander lag?

Doch es kam noch schlimmer. In der allgemeinen Schlafenszeit hatte eine kleine Gruppe der Pioniere die Waffenkammer aufgebrochen und sich der Waffen bemächtigt. Anschließend hatten sie die beiden eingesperrten Vergewaltiger befreit, sich an den Lebensmittelrestbeständen vergriffen und sich in den ehemaligen Diplomatenbereich zurückgezogen. Am erstaunlichsten fand ich, dass sich der ehemalige Bunkerkommandant so einer Unternehmung anschließen konnte. Wir waren in dem Soldatenquartier zusammengekommen, um uns auf Gegenmaßnahmen zu verständigen. Niemand hatte mit so einem Ereignis gerechnet und zugegebenermaßen waren wir ratlos.

Über die von Felix gebauten Sprechfunkgeräte meldete sich die Stimme des ehemaligen Bunkerkommandanten. Was er sagte, war unglaublich. Er hätte die Befehlsgewalt wieder übernommen und würde Ordnung schaffen. Alle die kooperieren wollten, sollten in den Diplomatenbereich kommen. Diejenigen, welche sich widersetzten, hätten innerhalb von 24 Stunden den Bunker zu verlassen, anderenfalls würden sie vor ein Standgericht gestellt. War ich in einem falschen Film? Der Mann war völlig übergeschnappt und hatte jeden Realitätsbezug verloren. Man hätte darüber lachen können, wenn die Aufständischen sich nicht die Waffen angeeignet hätten. Kurt eilte mit Felix zum Funkraum, um die Lautsprecher anzuschalten. Dann erklang Kurts Stimme: „An alle! Eine kleine Gruppe hat sich der Waffen bemächtigt und will die Macht im Bunker übernehmen. Sie haben sich im ehemaligen Diplomatenbereich verschanzt. Der ehemalige Bunkerkommandant hat ein Ultimatum gestellt. Er bedroht alle, die sich ihm nicht unterordnen. Ich kann mir nicht vorstellen, dass jemand Lust dazu hat, sich von ihm herumkommandieren zu lassen. Wir hindern aber niemanden, zu ihm zu stoßen. Nun meine Antwort an Herrn von Filsau: Geben Sie auf und bringen Sie die Waffen zurück in das Depot. Sie sind nur ein Dutzend Leute, wir lassen uns nicht durch Ihre Waffen erpressen. Sie irren sich, wenn Sie glauben, alle Waffen in Ihrem Besitz zu haben. Es gab eine Reserve in einem anderen Depot, die wir nun herausgeholt haben. Aber wir wollen keine Gewalt. Falls Sie den von Ihnen besetzten Bereich nicht verlassen, hindern Sie wenigstens nicht die Frauen und Kinder daran, zu uns zu kommen. Meinen

Kameraden rate ich, die Waffen abzulegen und herauszukommen. Wir können nur miteinander überleben. Wenn wir uns untereinander bekämpfen, bedeutet das für euch den sicheren Tod. Lasst euch nicht von diesem Mann, der offensichtlich den Verstand verloren hat, ins Verderben stürzen."

Ich sah diese Rede kritisch, Kurt machte zu viele Worte. Aber nun warteten wir auf eine Reaktion und sahen mit Anspannung den Gang entlang zur offenen Zwischentür von der betroffenen Abteilung, in der sehr viele Frauen mit ihren Kindern untergebracht waren. Ein junger Soldat wollte versuchen, dort einzudringen, um einer Frau, die ihm sehr am Herzen lag, zu Hilfe zu kommen. Ich befürchtete, dass dadurch die Situation eskalieren könnte, und redete lange auf ihn ein, um ihn von diesem gefährlichen Unternehmen abzubringen. Dann kamen drei der rebellierenden Soldaten aus der offenen Tür gestürmt und warfen ihre Waffen weg. Sie waren noch nicht weit gekommen, da fielen aus dem Inneren des besetzten Bezirks zwei Schüsse, einer der Fliehenden stürzte zu Boden. Die beiden anderen zogen ihn weiter. Kurt und ich liefen ihnen entgegen und halfen ihnen, aus der Schussweite zu kommen. Die Verwundung des getroffenen Soldaten stellte sich später als nicht lebensgefährlich heraus, sein Oberschenkel war durchschossen und wir konnten die starke Blutung stillen. Nun herrschte erneut Ratlosigkeit. Es dauerte aber nicht lange, da kam eine ganze Gruppe mit dem gefesselten ehemaligen Bunkerkommandanten in ihrer Mitte aus der Absperrung und legte die Waffen nieder. Der junge Soldat, der vor einiger Zeit gebeten hatte, in den Bereich eindringen zu dürfen, stürmte an dieser Gruppe vorbei und verschwand in dem ehemaligen Regierungsbezirk.

Regina Klausner-Bach 2

Die Kinder waren ganz verstört. Die Zwillinge hatten sich mit Weinen angesteckt und Nele versuchte sie zu trösten. Wir waren morgens aufgewacht durch lautes Rufen im Gang. Eine Männerstimme rief schallend, dass alle in ihren Räumen bleiben sollten. Bis zu anderen Anweisungen sollte niemand den Flur betreten. Ich wusste nicht, was dort geschah, und versuchte die Kinder zu beruhigen. Dann wollten die Kinder etwas zum Essen. Zwei trockene Kekse lagen noch auf dem kleinen Bord, die ich zwischen den drei Kindern verteilte. Natürlich war ihnen das nicht genug, doch ich getraute mich gemäß den Anweisungen nicht hinaus, um etwas gegen unseren Hunger zu besorgen. Die Rationen waren sowieso in letzter Zeit viel zu knapp und mit dem Wenigen versuchte ich die Kinder zu nähren. Die Kekse hatte uns der junge Soldat mitgebracht, ich vermutete, er hatte sie sich vom Munde abgespart. Dann kam die Durchsage über Lautsprecher, die uns über die außergewöhnliche Lage informierte. Sie machte mir große Angst und ich wünschte, dass Gunter bei uns wäre, er würde die Kinder gut ablenken. Ich konnte mir nicht vorstellen, dass alle, die sich nicht fügten, aus dem Bunker hinausgedrängt werden könnten. Was würde Gunter tun, er würde sich doch sicher nicht dem Zwang beugen. Wir Vier kauerten ängstlich zusammen. Ich versuchte den Kindern etwas von früher zu erzählen, als wir noch eine Familie waren und in einem schönen Haus mit Garten wohnten. Plötzlich fielen zwei Schüsse. Durch den starken Hall im Gang fuhr uns der Schreck in die Glieder. Dann folgten aufgeregte Stimmen, es hörte sich wie ein heftiger Streit an. Nun kamen einige Rufe von etwas weiter her und kurz darauf stürzte der junge Soldat Gunter in unseren Raum, aufgeregt und außer Atem. Ehe ich es recht versah, umschlang er mich mit Tränen in den Augen und stammelte, wie froh er wäre, dass uns nichts passiert wäre. Mir wurde es recht warm ums Herz, ich spürte seine Liebe und fühlte mich plötzlich geborgen. Als die Kinder riefen, dass sie Hunger hätten, lief Gunter sogleich, etwas Essbares aufzutreiben.

Die Aufregung hatte sich gelegt, aber eine fast körperliche Anspannung lag in den Gängen. In Gedanken versunken ging ich zu dem kleinen Refugium meiner Familie. Im Soldatenquartier hatten wir uns beraten. Die zwei Vergewaltiger konnten in ihre Quartiere zurückkehren, nachdem sie uns versichert hatten jeder Gewalt zu entsagen. Der Bunkerkommandant, er machte auf mich den Eindruck eines psychisch sehr kranken Mannes, wurde in unserem provisorischen Gefängnis eingesperrt. Unser Arzt hatte ihm eine Beruhigungsspritze gegeben, doch der Arzt sagte, er wäre kein Psychiater und könne nicht einschätzen, was in diesem Mann vorgehe.

Meine Familie erwartete mich. Durch die Vorkommnisse war keine Schule gewesen und meine Lieben waren gespannt darauf, was ich berichten konnte. Ich erzählte ihnen, dass die Männer, die sich dem Kommandanten angeschlossen hatten, einsichtig waren, eine große Dummheit begangen zu haben. Meine Frau fragte, ob nun alles wieder gut sei, und ich rang mich dazu durch ihr zu sagen, dass wir auch ohne dieses Vorkommnis in einer bedrohlichen Situation wären. Unsere Nahrungsvorräte wären nahezu aufgebraucht, abgesehen davon, dass sich auch Unbekannte an den Resten vergriffen hätten. Es fiel mir sehr schwer, meine Familie zu beunruhigen, besonders da Esther noch vor kurzer Zeit eine so schwere Depression gehabt hatte. Zu meiner Überraschung sah sie mich ruhig an und sagte: „Wir schaffen das, wir haben so viel geschafft, es wird einen Weg geben."

Unsere Nahrungsknappheit wurde uns gleich nach unserem Gespräch drastisch vor Augen geführt. Als wir uns unsere Mittagssuppe abholten, bestand sie fast ganz aus warmem Wasser mit einigen Algen. Nach dem Essen kam Kurt zu mir und sagte, wir müssten uns im kleineren Kreis beraten, was wir tun könnten. Nun verwunderte mich meine Frau erneut, sie sagte energisch: „Das könnt ihr Männer nicht unter euch ausmachen, wir Frauen sind hier in der Mehrheit und wollen mitentscheiden." So kam es, dass aus einem kleinen Kreis eine große Versammlung wurde. Zu den bisher Verantwortlichen waren meine Frau, die Schulleiterin, das Ärztepaar aus unserer Krankenstation, zwei Frauen aus der Küche und drei Techniker dazu gekommen. Um der Enge auszuweichen, gingen wir in das geräumige Schulzimmer.

Robert von Hemmelburg 5

Im Schulraum herrschte Weltuntergangsstimmung, die Hoffnungslosigkeit war fast mit Händen zu greifen. Alle warteten auf ein erlösendes Wort. Es war Kurt, der das betretene Schweigen brach: „Unser Warten auf den Frühling war vergebens. Nun können wir nur noch im Bunker auf den sicheren Tod warten oder hinausgehen in einen wahrscheinlichen Tod." „Wo willst du denn hingehen?", fragte einer der Pioniere. Es schien mir, als hätte Kurt schon einen Plan. Er sah in die Runde: „Bonn oder das, was

Bonn einmal war, liegt etwas über 30 km entfernt. Wenn wir Glück haben, können wir auf Menschen treffen, sonst müssen noch in den Kellern der Ruinen Vorräte zu finden sein. Jedenfalls haben wir eine kleine Chance. Ich schlage vor, nicht lange zu warten und gleich morgen loszugehen." Erst waren alle verdutzt, dann erscholl ein zustimmendes Stimmengewirr. Ich bat um Ruhe: „Wir müssen sorgfältig planen und noch heute über Lautsprecher allen die notwendigen Vorbereitungen mitteilen. Die Kleidung sollte so warm wie möglich sein. Zur Vorsicht sollten alle FFP2-Masken tragen, es sind genügend vorhanden, alle Jodvorräte sollten die Kinder bekommen. Jeder sollte mindestens 3 Liter Wasser mitnehmen. Strengt euer Gehirn an, was brauchen wir noch?" Die Frau von Felix schlug vor: „Die noch vorhandenen Reste der Lebensmittel sollten wir zurücklassen für diejenigen, welche nicht mitkönnen, jeder von uns sollte nur eine Mahlzeit einpacken." Ein Soldat meldete sich zu Wort: „Wir sollten unsere Waffen mitnehmen und etwas Werkzeug." Ein Kamerad meinte: „Wir werden an den

Rhein kommen. Im Rhein sind wohl Fische, aber wir haben keine Fanggeräte." „Das geht mit ein paar Handgranaten", rief ein anderer. „Bleibt sachlich", mahnte die Schulleiterin. Nun drang die Stimme von Felix durch das entstandene Stimmengewirr: „Wir sollten auf jeden Fall in einem geschlossenen Block gehen, dann können die Kräftigeren den Schwächeren helfen. Kräftige Männer sollten am Schluss Zurückbleibende aufsammeln." Es kamen noch einige weniger wichtige Vorschläge, dann beschlossen wir, dass Kurt, Felix und eine der Frauen mit mir in den Funkraum gehen sollten, um der Gemeinschaft das Ergebnis unserer Zusammenkunft mitzuteilen und für Fragen zur Verfügung zu stehen. Im und vor dem Funkraum kam es zu einem Chaos bis spät in die Nacht. Mir wurde es zu viel und ich versuchte vor den Anforderungen des nächsten Tages noch ein wenig zu schlafen. Felix und Kurt wussten Bescheid, dass ich sie nicht begleiten, sondern im Bunker bleiben und mich um die Verbliebenen kümmern wollte. Sie waren sehr dagegen und versuchten mich umzustimmen. Doch meine Aufgabe war die Sicherheit der laufenden Systeme und ich durfte mich meinen Verpflichtungen nicht entziehen.

Beim Abmarsch des größten Teils der Bunkerbesatzung gab es sehr viel Aufregung. Ich half, alles in geordnete Bahnen zu lenken, machte Mut und versicherte, sobald wie möglich nachzukommen. Es war kaum zu ertragen zu sehen, wie die lange Kolonne mit Frauen und Kindern hinausstapfte in den tiefen Schnee, der bei etwas milderen Temperaturen matschig geworden war. Als sich das Tor hinter dem Letzten geschlossen hatte, fühlte ich mich so allein, dass ich fast losgeheult hätte. Ich ging in den Funkraum und nahm die Geräte in Betrieb, Felix hatte mich im Laufe der Zeit darin unterrichtet. Als ich durch die leeren Gänge lief, war es wie in einem Albtraum. Ich ging zu der Kammer, wo der ehemalige Kommandant eingesperrt war, und ließ ihn frei. Mir schien, er verstand nicht, was ich ihm von dem Ausscheiden des größten Teils der Belegschaft erklärte. Er dankte mir für meine Treue und bat mich, ihn bei der Leitung des Bunkerlebens zu unterstützen. Ich ließ ihn in dem Glauben, dass er wieder das Kommando hätte, er konnte wohl keinen Schaden mehr anrichten. Dann widmete ich mich dem Erhalt der Fermenter-Funktionen. In der Küche waren nur eine sehr alte Frau und ein beinamputierter Mann verblieben, ich vermutete, dass ich mich nach Feststellung der Anzahl Verbliebener auch um die Zuteilung von Nahrung kümmern musste. Mir wurde angst bei dem Gedanken, dass ich mich nun um eine noch unbekannte Zahl von Behinderten und Kranken nebst einem unzurechnungsfähigen Offizier kümmern musste.

Als ich beklommen durch die leeren Gänge zurückging, traf ich eine junge Frau, die mit einem kranken Kind zurückgeblieben war, wir sagten uns gegenseitig unsere Hilfe zu. Es war so, als würde mir eine gewaltige Last abgenommen, jemanden zu finden, mit dem ich mich austauschen konnte, um nicht so allein zu sein in diesem schrecklichen Bauwerk. Wir liefen zu der abgeschlossenen Apotheke und ich ging hinein und holte ein Breitbandantibiotikum. Gemeinsam sahen wir dann nach dem erkrankten Kind. Es war ein etwa 5-jähriger Junge, er hatte einen roten verschwitzten Kopf und atmete schwer, war aber im festen Schlaf. Ich sagte zu der besorgten Mutter, es könnte sein, ihr Kind schliefe sich gesund, und wir könnten das Antibiotikum sparen. Wir saßen dann noch lange bei dem schlafenden Kind und unterhielten uns leise. Dann ging ich für die beiden und für mich die Essensrationen abzuholen. In der Küche erfragte ich, wie viel Rationen schon ausgegeben waren, ich wusste noch nicht, wie viel Personen im Bunker verblieben waren. Mit den drei Rationen, die ich mir geben ließ, waren es erst 21. Ich beschloss im gesamten Bunker nachzusehen, es konnten Hilfsbedürftige zurückgelassen sein. Ich brachte das Essen zu meiner neuen Bekanntschaft, Frau Elena Worzig mit dem kranken Sohn Peter. Als ich zurück ins Zimmer kam, hatte sich der Junge im Bett aufgesetzt, seine Mutter wusch ihm den verschwitzten Körper. Ich freute mich, dass es dem Knaben besser ging, sagte seiner Mutter, ich würde bald zurückkommen, und ging den Bunker inspizieren. Ich fing systematisch am

Eingang an, sah auch kurz in den Funkraum, ob irgendwelche Meldungen von außerhalb vorlagen, ging dann durch das Soldatenquartier den Gang entlang und schaute in jede Zelle. Noch hatte ich alles leer gefunden, da traf ich auf dem Gang den Bunkerkommandanten. Er grüßte zackig und gab mir den Befehl, die Waffen zur Verteidigung auszugeben. Ich sagte: „Zu Befehl", und ging weiter. Dann stieß ich auf ein Ehepaar, die Frau war hochschwanger. Dem Alter nach mussten es Angehörige der ehemaligen Landesregierung sein. Sie bedankten sich für meine Anteilnahme und fragten, ob ich eine Frau wüsste, die bei der Geburt behilflich sein könnte. Ich sagte zu herumzufragen. Es waren kaum noch Leute zurückgeblieben, einige meinten im Bunker sicherer zu sein. Einen der Techniker fand ich im Sterben, er wollte nichts essen und auch nichts trinken. Auf meine Frage, ob ich ihm Gesellschaft leisten könnte, schüttelte er nur den Kopf und drehte sein Gesicht zur Wand. Danach stieß ich in einem Gemeinschaftsraum auf eine größere Gruppe, es waren fünf Familien einer Sekte, die im Bunker auf ihre Errettung warteten. Eine Frau dieser Sekte war Krankenschwester und sie sagte auf meine Bitte hin zu, bei der anstehenden Geburt zu helfen.

Während meines Rundgangs grübelte ich darüber nach, ob es wohl an meiner Einsamkeit in diesem unterirdischen Gefängnis liegen könnte, dass ich mich so sehr zu Frau Worzig , ich nannte sie natürlich in Gedanken Elena, hingezogen fühlte. Mein Herzschlag hatte sich gleich beschleunigt, als ich sie zum ersten Male im Gang traf. Ich war froh, die lästige Pflicht mit diesem Rundgang erledigt zu haben, und hatte es eilig, wieder zu dieser bisher fremden Frau zu kommen. Mir gefiel alles an ihr, ihr Äußeres, ihre sanfte Art und ihre klugen Augen, und in unserem Gespräch hatte ich gemerkt, wie reflektiert ihre Aussagen waren. Als ich nun zurückkam und bemerkte, dass sie sich echt freute, machte mich das glücklich. In mir dämmerte es, dass ich mich in diesen widrigen Umständen verliebt hatte. Wir saßen dann noch lange beieinander, Peter war wieder eingeschlafen und Elena erzählte mir von ihrem bisherigen Leben.

Sie kam aus kleinen Verhältnissen, ihr Vater war einfacher Arbeiter. Sie hatte sich schon als Kind für den Weltraum interessiert und nach der Schule Astronomie studiert. Noch während des Studiums lernte sie den Sohn eines Großindustriellen kennen, dessen großzügige Lebensweise ihr sehr imponiert hätte. Sie heirateten, doch an das gesellschaftliche Leben hätte sie sich nie recht anpassen können. Sie hätte gehofft, ein Kind würde das ändern, aber es verschlimmerte sich noch, ihr Studium hätte sie nicht weiterführen können und mit Haushälterin und Kindermädchen hätte sie sich eingesperrt gefühlt. Sie hätte sich sogar etwas gefreut, als sie mit ihrem Kind in den Bunker flüchten konnte. An so ein großes Unglück hätte sie jedenfalls nicht gedacht und schäme sich nun für ihre Egozentrik. Ich gestand ihr, dass mir im früheren Leben der Militarismus das Gehirn verkleistert hätte und ich wohl voller Überzeugung in den Kampf gezogen wäre. Mir wäre es so, als wäre ich in diesen widrigen Umständen neu geboren. Während unserer Unterhaltung merkte ich die Wärme, die von ihr ausging, und ihre

Zuneigung und kehrte zur Schlafenszeit glücklich in mein Refugium zurück.

In den folgenden Tagen hatte der Bunker für mich seine triste Bedrohlichkeit verloren. Peter war ein intelligentes kleines Bürschchen, ich konnte mit ihm richtige ernste Gespräche führen, wir wurden gute Freunde. Elena lernte ich immer besser kennen, für mich war es wie ein Wunder. Ich hätte mir früher nicht vorstellen können, dass ich mich so sehr verlieben könnte, und erst recht nicht das Gefühl und die Gewissheit zu haben, wiedergeliebt zu werden, das Elena mir schenkte.

Dann geschah auch draußen ein Wunder, der Schnee begann zu schmelzen und es wurde der langersehnte Frühling. Als draußen der Matsch abgetrocknet war und die Sonne die Erde erwärmte, brachen wir zu dritt auf und folgten denen, die vor uns aufgebrochen waren, in eine ungewisse Zukunft.

Inhaltsverzeichnis

Weitere Bücher von Karl-Heinz Haselmeyer

Stimmen aus Utopia

Utopia – die traumhaft perfekte Zukunft. Mit ihren technischen Errungenschaften schenkt sie der Menschheit Zufriedenheit und Muße. Sie bietet Glückseligkeit und Harmonie. Doch hinter alledem lauern Gefahren, die in diese heile Welt einbrechen. Ein Wissenschaftler muss erfahren, dass Wissen manchmal Ohnmacht ist, wenn man vor der Entscheidung steht, zwischen ultimativer Erkenntnis und dem eigenen Leben zu wählen. Ein außergewöhnliches Experiment bringt den jungen Herg in lebensbedrohliche Situationen. Losgelöst vom Kollektiv seiner Gesellschaft sieht er sich größten Bedrohungen gegenüber.

Zwei Geschichten erzählen von der gespaltenen Sehnsucht der Menschheit nach einer allumfassenden Symbiose und der uneingeschränkten Bewahrung jedes Einzelnen. Was wäre, wenn uns eine interstellare Macht die Erkenntnis allen Seins und den Zugriffe auf alle Informationen anböte? Wären wir bereit, das ultimative Opfer zu bringen? Frieden auf Erden, den Menschen ein Wohlgefallen zum Preis der menschlichen Existenz selbst? (Asaro Verlag Ottersberg 2001)

Elitefrauen

Der Roman befasst sich mit dem Phänomen der Zeit verpackt in eine spannende Geschichte. Ein Team von Astronautinnen bricht zu einer Reise ins Universum auf, bei der laut Plan erst die nächste Generation die Erde wieder erreichen kann. Unerklärliche Zeitphänomene ändern alle Reisepläne. Als das ursprüngliche Frauenteam, kaum gealtert, wieder zur Erde zurückkehrt, sind Jahrhunderte vergangen und die Menschheit befindet sich durch technische Verselbstständigung im Niedergang. Durch den Einsatz der Frauen können die Gefahren, die der Menschheit drohen, abgewendet werden. (Amazon Deutschland 2017)

Das Fenster zur Evolution

Abenteuer in einer unberührten Natur. Nach einer Umweltkatastrophe existieren die Überlebenden in isolierten Städten und werden kybernetisch mental reguliert. Die Umwelt ist für Menschen tabu. Zur Vorbereitung einer Raumfahrt wird eine Versuchsperson ungeregelt in die Tabuzone gesandt, macht Erfahrungen mit der für ihn neuen Selbstständigkeit und erlebt die von Menschen verschonte Natur. Er muss sich mit wilden Tieren und den Naturgewalten auseinandersetzen und lernt andere Lebensformen sowie Affen kennen, dich sich unabhängig von den Menschen weiterentwickelt haben. (Amazon Deutschland 2017)

Uropageschichten

Der Urgroßvater erzählt seinen Enkeln von seiner Kindheit und Jugend in der Kriegs- und Nachkriegszeit in Göttingen. Ein warmherziges Jugendbuch mit autobiographischen Zügen, das auch für Erwachsene interessant ist. (Amazon Deutschland 2017)

Symbiose

In der Gesellschaft nimmt die Tendenz zur Selbstoptimierung zu. Was hat das für Auswirkungen auf die Persönlichkeit und die menschlichen Beziehungen, wenn ein Mensch durch die Symbiose mit technischen Objekten eine enorme Gedächtniskapazität und eine hervorragende Denkfähigkeit bekommt? In diesem Science Fiction setzt sich Karl-Heinz Haselmeyer kritisch mit den wachsenden Möglichkeiten der Medizin auseinander. (Amazon Deutschland 2018)

Terroristen

Was wäre, wenn es einer Terrororganisation gelänge, die Herrschaft über den Erdball zu erringen? Könnte man dann dem Ideal der Gewaltlosigkeit treu bleiben oder wäre es nicht Pflicht, sich mit allen Mitteln zu wehren?

Ein junger Gotteskrieger bereist die Erde auf der Suche nach Naturschönheiten und kommt dabei mit den unterdrückten Menschen in Berührung. Er verliebt sich in eine Wildhüterin im Yellowstone Park. Als er erfährt, dass der Beherrscher der Erde eine vernichtende Eruption im Park auslösen und damit wohl alle

Bewohner des gesamten Kontinents vernichten will, kämpft er gemeinsam mit den Bewohnern für ihre Rettung auch um den Preis der eigenen Vernichtung. (Amazon Deutschland 2018)

Der verbotene Planet

Expeditionen zu einem erdähnlichen Planeten scheiterten unter seltsamen Umständen und endeten in einer Katastrophe. Der Planet wurde unter Quarantäne gestellt und jegliche Landung verboten. Die Besatzung eines havarierten Raumschiffes muss auf diesem Planeten notlanden. Die Überlebenden werden von einem Raumkreuzer gerettet. Das Rettungsraumschiff gerät anschließend insbesondere durch eine mysteriöse Krankheit in Schwierigkeiten. Unter großen Verlusten kann das Geheimnis des verbotenen Planeten geklärt werden. (Amazon Deutschland 2019)

Interaktiv

Ein Fachmann der „Künstlichen Intelligenz" schildert den Versuch, der Leistung des menschlichen Gehirns nahe zu kommen, und erzählt von den damit verbundenen Problemen. Im Zwiegespräch mit der geschaffenen Apparatur werden wissenschaftliche Themen aus der Teilchenphysik und der Kosmologie sowie zivilisatorische Entwicklungen angesprochen. In kurzer Zeit ist der Rechner seinen Schöpfern überlegen, kann von ihnen nicht mehr kontrolliert werden und geht eigene Wege, was seinen Betreuer in große Schwierigkeiten bringt. (Amazon Deutschland 2019)

Eisige Höhen

Bei einer unheimlichen Begegnung wird ein normaler Bürger durch Drogen aus seinem einfachen Leben gerissen. Er wird ein gefühlloser Karrierist, dem ein schneller Aufstieg in der politischen Gesellschaft vorgezeichnet ist. Zu spät merkt er, dass er ein machtloses Werkzeug in den Händen einer Verschwörung ist. Vorsichtig versucht er sich daraus zu befreien. Als die Verschwörung aufgedeckt wird, gilt er zunächst als Hauptverdächtiger, wird aber teilweise rehabilitiert. Was bleibt, sind Scham und Sehnsucht nach seinem einfachen Leben. (Amazon Deutschland 2020)

Homunkulus

Die alte Geschichte des synthetischen Menschen wird unter modernen Aspekten aufbereitet. Im Vordergrund stehen die Fragen: Was ist Leben und wie ist ein Bewusstsein mit der Erkenntnis und der Intelligenz verknüpft, aber auch, welchen Platz haben Gefühle in diesem Zusammenhang? Fragen, die sich bei weiterem Fortschritt der IT-Forschung wohl einmal stellen könnten. Das geschaffene technische Wesen ist nach kurzer Entwicklungszeit seinen Schöpfern intellektuell überlegen und entgegen allen

Erwartungen entsteht eine wechselseitige enge gefühlsmäßige Bindung. (Amazon Deutschland 2020)

Genderfrei

Nur wenige Menschen konnten einer irdischen Katastrophe entfliehen und leben in einer Höhle hundert Meter unter der Mondoberfläche. Sie suchen einen Neuanfang, ohne in die verhängnisvollen Fehler der Vergangenheit zurückzufallen, die fast zur Vernichtung der Menschheit geführt hatten. Da Sprache das Bewusstsein formt, sollen alle Diskriminierungen im Sprachgebrauch abgeschafft werden. In genderfreier Sprache werden die Nöte und Zwänge der Überlebenden geschildert, denen nur ein Ausweg bleibt, sie müssen versuchen die zerstörte Erde neu zu besiedeln. (Amazon Deutschland 2020)

Habilitation

In Form einer wissenschaftlichen Habilitationsarbeit wird geschildert, wie nach einer Klimakatastrophe die Manipulationen an der Keimbahn von Menschen mit dem Ziel einer höheren Hitzetoleranz zu einer neuen Spezies führten. Die gezüchteten Thermophilen vermehrten sich stark und es entstanden Probleme des Zusammenlebens. Nach Versuchen, die Venusatmosphäre zu reinigen und die Temperatur dort zu senken, wurden die Thermophilen ausgesiedelt. (Amazon Deutschland 2021)

Kontakt

Auf der Suche nach außerirdischem Leben stoßen Wissenschaftler auf Signale, die sich von natürlichen abgrenzen lassen. Versuche, diese Signale zu entschlüsseln, scheitern. Ähnlichkeiten mit dem genetischen Code bringen Forscher dazu, die Signale biochemisch in Materie zu überführen. Diese Versuche münden in eine Katastrophe und müssen gewaltsam beendet werden. (Amazon Deutschland 2021)

Thomas

Die Innen- und Außenwelt eines kritischen Realisten wird gespiegelt in einem Zeitraum von achtzig Jahren. Das Symbol der geistigen Auseinandersetzung ist der „ungläubige Thomas". Zeitgeschehen, Geschichte und Reflexionen wechseln in bunter Folge. Eine sehr persönliche Geschichte. (Amazon Deutschland 2021)

Bildet Sprache Bewusstsein?

Die künstliche Nachbildung eines neuronalen Cortex ist ein Quantensprung in der digitalen Datenverarbeitung. Damit taucht die Frage auf: kann sich in einem elektronischen Schaltkreis Bewusstsein entwickeln? Eine Arbeitsgruppe in dem Forschungszentrum geht dieser Frage nach. Der Satz:

Sprache prägt das Bewusstsein erweist sich als eine falsche Fährte. (Amazon Deutschland 2021)

Geschenkte Gedanken

Ein Studium an einer Eliteuniversität in den USA und ein Großvater, der die weltanschaulichen Gespräche mit seinem Enkel vermisst und ihm seine Gedanken per E-Mail weiterhin mitteilt. Der Student aus Deutschland findet die Frau seines Lebens und einen guten Freund, aber mit seinem Großvater bleibt er auch in der Ferne eng verbunden. (Amazon Deutschland 2021)

Gier

Ein von Gier getriebener erfolgreicher Geschäftsmann schildert auf dem Krankenbett seinen Aufstieg und seinen selbstverschuldeten Absturz. Selbst seine schlimmen Erfahrungen können nicht verhindern, dass er später wieder den Verlockungen der Gier erliegt. (Books on Demand Norderstedt 2021)

Der Traum von der Zelle

Ein Blick in die nahe Zukunft, in der die emissionsfreie Energieproduktion die Umweltprobleme nicht nachhaltig beheben konnte. Viele Menschen verlieren ihre Lebensgrundlage und strömen in Gebiete, die noch nicht so stark betroffen waren. Dadurch entstehen gefährliche gesellschaftliche Entwicklungen. Ein Wissenschaftler entwickelt eine Methode, um das Schmerzempfinden abzuschalten. Als er sieht, dass seine Erfindung missbraucht werden kann, versucht er, auf die Gefahren hinzuweisen. In seinen Vorlesungen und Vorträgen erregt er Aufsehen und Widerspruch. (Books on Demand Norderstedt 2022)

Der Bärentöter

Eine bäuerliche Sippe der Eisenzeit war mit der Geschichte ihrer Vorfahren eng verbunden. In den Erzählungen der Ältesten führten sie ihre Herkunft auf einen steinzeitlichen Jäger zurück und erzählten von Jagden auf Tiere der Frühzeit wie Mammut und Höhlenbär, die längst ausgestorben waren. Ein spannendes Buch, das auch für Jugendliche interessant ist. (Books on Demand Norderstedt 2022)

Nachwelt

Es ist nicht gelungen die Biosphäre zu stabilisieren, die Menschen mussten sich als letzten Ausweg aus der Natur zurückziehen. In ihrem selbstgewählten Ghetto verlieren sie sich immer mehr in eine imaginäre Traumwelt. Ein junges Paar möchte sich dieser Entwicklung entziehen und bricht auf in eine menschenleere geschädigte Welt. (Books on Demand Norderstedt 2022)

Herstellung und Verlag:
BoD – Books on Demand, Norderstedt
ISBN: 9783756889211